Sitzredakteur Sören Feddersen wurde am 13.11.1983 in Preetz bei Kiel geboren. Er studierte Lebensmittelchemie an der Universität Halle-Wittenberg und schrieb u.a. Werke über Oligosaccharide, Peptide und die zelluläre Mülltrennung. Bei seinen Recherchen weilte er in Frankreich und Italien. Derzeit lebt er in der Nähe von Hamburg und spielt gern Tischtennis.

Sören Feddersen

Scheiß auf den Euro!

Ein Europäisches Drama

Copyright © 2013 Sören Feddersen

Herstellung und Verlag:
BoD – Books on Demand, Norderstedt
ISBN: 978-3-7322-3200-0

Bibliografische Information der Deutschen
Nationalbibliothek:
Die Deutsche Nationalbibliothek verzeichnet diese
Publikation in der Deutschen Nationalbibliografie;
detaillierte bibliografische Daten sind im Internet über
www.dnb.de abrufbar.

Alle Buchstaben gehen auf das Alphabet zurück.

Ein Vorwortwitz

Grenzüberschreitender Humor
(Folge XXVII)

Geht ein Bulgare zum Griechen...
Sagt der Bulgare:
„Kannst du mir mal zwei Euro klein machen?
Der Toilettenautomat nimmt nur 1-Euro-Stücke."
Sagt der Grieche nach dem Öffnen seiner Kasse:
„Oh, da haben Sie aber nochmal Glück gehabt!
Dieses Europaar ist das Letzte."

Am Anfang soll von einem Mann aus Parma in Norditalien, nennen wir ihn Antonio[1], die Rede sein. Antonio war alt, sehr alt. Er wusste, dass er nicht mehr lang zu leben hatte. Jeden Morgen ging er über die Ponte di Mezzo, eine Brücke, die beide Teile der Altstadt miteinander verband; den armen und den aristokratischen, wie er zu sagen pflegte. Jeden Morgen ging er auf die aristokratische Seite in seine kleine Bar um einen Espresso zu trinken und einen Blick in die Tageszeitungen zu werfen. In letzter Zeit hatte er mit Letzterem jedoch immer weniger zugebracht. Die monothematische Ausrichtung praktisch aller Blätter widerte ihn zunehmend an. Jeden Morgen das Gleiche...! schimpfte er. Du hast ja auch keine Sorgen und musst nicht mehr jeden Tag arbeiten, entgegnete der Barmann, der ihn schon lange kannte, und fügte mit einem schelmischen Grinsen hinzu: ...falls du das überhaupt jemals richtig getan hast. Auch heute, an einem heißen heiteren Morgen im Juli ging Antonio über die Ponte di Mezzo. Entlang der Brückenmauer blühten

---

[1] Namen und Handlung wurden von der Redaktion beibehalten.

Blumen in ihren schönsten Farben. Durch das Flussbett, das im Mai ausgetrocknet war, führte gerade ein Schafhirte seine Herde samt einem Esel. Die Berge in der Ferne waren vor dem Hintergrund eines Dunstschleiers nur schemenhaft zu erkennen. Der Stock gab Antonio Halt. Sein Rücken schmerzte zuweilen. Auf Kreuzungen überschritt er mittlerweile bei jeder Grünphase das Zeitlimit. So auch diesmal. Ein junger Fahrradfahrer schnitt ihm darauf an der Fußgängerampel hinter der Brücke den Weg ab. Er konnte gerade noch bremsen und den alten Mann *umfahren*. Antonio war wie immer bei solchen Situationen außer sich ob der Respektlosigkeit der Jugend. Umso erstaunter war er, als der junge Mann die ganzen Beleidigungen, die hier nicht wiedergeben werden sollen, scheinbar unbeeindruckt zur Kenntnis nahm und weiterfuhr.

Jan kam an jenem Tag nur schwer aus dem Bett. In der Nacht hatte es kaum abgekühlt und der Wind hatte sich ausgeruht. In den frühen Morgenstunden war er nassgeschwitzt aufgewacht. Es wurde langsam hell, aber es war noch zu früh um aufzustehen. Als er kurz davor war wieder einzuschlafen, wurde er durch die Abfallwirtschaft aufgeschreckt, die genau gegenüber seines offenen Zimmerfensters ihr Tagwerk verrichtete. Vor der eigentlichen Entsorgung versuchte jeweils ein Vorauskommando die hitzebedingte Staubentwicklung mit Wasserstrahlen zu bekämpfen. Wenn man also Pech hatte, konnte es passieren, dass man zweimal hintereinander geweckt wird. Die halbelektrischen Fahrzeuge sind klein genug um jede Gasse durchqueren zu können und angenehm leise – wenn sie nicht gerade den Müll entleerten oder besprühten. Nachdem Jan aufgestanden war, kochte er sich einen Espresso. Er hatte es eilig. Er wollte noch, bevor er im Labor eintraf, seine Rechnung fürs Schwarzfahren im Bus begleichen – stolze 60 €. Fortan fuhr er nur noch Fahrrad. Jan lieh sich nun jeden Morgen eines dieser City-Bikes an der Piazzale Santa Croce aus. Er stieg aufs Rad und strampelte los. Als er die Ponte di Mezzo überquerte, hatte er weder einen Blick für die Pflanzen noch für den Schafhirten mit seiner Herde samt dem Esel. Beinah übersah er einen langsamen alten Mann. Jan erschrak und wich aus. Er überlegte, ob er sich entschuldigen sollte, aber er hatte keine Zeit zu warten bis der Alte sich abreagierte.

In der folgenden Nacht wachte Jan durch einen seltsamen Gestank auf. Er stieg aus dem Bett um sich zu vergewissern. Es roch nach faulen Eiern, nach Schwefelwasserstoff. Jan überprüfte seinen Gashahn – zu, ging aus der Wohnung ins Treppenhaus und nach draußen: überall Gas! Die betagte Dame unter ihm hatte es auch bemerkt und stand im Nachthemd auf halber Treppe: Che cosa?! Jan klingelte bei einigen Nachbarn. Alessandro und Enrico öffneten. Er hatte sie im Fahrstuhl kennen gelernt. Sein Italienisch war noch etwas holprig. Dennoch gelang es ihm sehr schnell die beiden für das Problem zu sensibilisieren. Gemeinsam mit weiteren Hausbewohnern liefen sie auf die Straße. Enrico probierte sämtliche Notrufnummern aus, aber es war durchgängig besetzt. Bewohner aus den umliegenden Häusern gesellten sich dazu. Auch sie kamen nicht durch. Jan entschied sich mit Alessandro und Enrico in Richtung des weitläufigen Parco Ducale zu gehen. Doch selbst dort war die Luft nicht viel besser. Schließlich kehrten sie wieder um. Als sie ankamen, hatte sich inzwischen die frohe Kunde herumgesprochen, dass keinerlei Gefahr drohe. Der üble Geruch soll einer Fabrik im Norden der Stadt entstammen. Das Gas ist keines und wenn doch, dann vollkommen ungefährlich. Beruhigt gingen alle zurück in ihre Häuser. Jan, der dem Ganzen nicht so ganz folgen konnte, versuchte noch ein bisschen zu schlafen. Es wurde heller. Die Müllabfuhr kam und Jan stand auf und kochte sich einen Espresso. Die Luft war wieder rein. Während er auf dem Fahrrad saß, beschloss er vor der Brücke abzusteigen und zu Fuß weiter zu gehen. So atmete er den Duft der Blumen ein und sah den Esel samt seinem Hirten und der Schafherde. Es kam ihm heute noch heißer vor. Da sah er den alten Mann wieder, wie dieser sich soeben über die Straße schleppte. Noch bevor es rot wurde, hatte Jan ihn eingeholt. Zusammen erreichten sie bei Rot die andere Seite. Jan sagte *buongiorno* und versuchte möglichst freundlich rüberzukommen. Ehe er auf das gestrige Manöver zu sprechen kam, fasste ihn Antonio am Arm und sagte bloß:

Vieni con me... Komm mit mir in meine kleine Bar! Der junge Mann war einverstanden. Seitdem feststand, dass er kein Geld bekommen würde, verspürte er nur noch wenig Lust ins Labor zu gehen. Kurze Zeit später saßen sie mit zwei Espressi und zwei *brioches alla crema* an einem Tisch draußen im Schatten vor dem Café. Sie stellten sich vor, erzählten wo sie herkamen (Italien bzw. Deutschland, *Anm. d. Red.*), wo sie hinwollten (? *Anm. d. Red.*) und was sie normalerweise tagsüber so machten (Kunst bzw. Biologie, *Anm. d. Red.*). Jan sagte noch, dass er wohl bald nach Deutschland zurückgehen würde. Als die Kennlernphase abgeschlossen war, bestellte sich... ähm, einer von den beiden... (Jan! *Anm. d. Red.* Nicht einschlafen!) einen Panino Primavera mit *prosciutto crudo*, *mozzarella*, *pomodori* und *rucola*. Erst jetzt erkannte er, dass Antonio eine kleine Beule und ein paar Kratzer im Gesicht hatte. Antonio erzählte, wie es letzte Nacht während des Gas-Alarms dazu gekommen war. Nachdem sie ihre Erlebnisse aufgearbeitet hatten und Jan sein Sandwich verspeist hatte, schwiegen sie. Auf einmal fragte sie ein Mann vom Nachbartisch auf Englisch, ob er den

Aschenbecher haben dürfte. Er unterschied sich von den anderen Gästen nicht nur durch seine imposante Statur, sondern auch durch seine vielen Sommersprossen. Antonio bot ihm den Aschenbecher und den freien Platz an ihrem Tisch an. Der Fremde nannte sich Jens und kam aus Dänemark; war aber Deutscher. Er sagte: Ich bin auf der Durchreise. Io non parlo italiano, worauf Antonio entgegnete: I don't speak English. Jan schätzte ihn einen Tick älter ein als er selbst. Schnell wurde deutlich, dass Jens kein besonderes Verlangen nach einer ausgeprägten Kennlernphase hatte. Er gehörte ferner zu jener seltenen Spezies, die während sie rauchten weiter reden konnten. Und beides tat er dann auch ausgiebig! Jan bot Antonio an hinterher den Dolmetscher zu spielen, worauf dieser ihm kurz zu zwinkerte. Jens hatte eine Zeitung aufgeschlagen und sprach unvermittelt über das, was uns alle in letzter Zeit so sehr beschäftigte:

Geht es hier eigentlich noch um den Euro? Das Bemerkenswerte an der Diskussion ist doch, dass scheinbar jeder überwältigt von seinem ökonomischen Sachverstand dazu eine feste

Meinung hat. Europa – ein Kontinent voller Volkswirte? Das Thema Euro-Bonds z. B. genießt schon seit geraumer Zeit Hochkonjunktur. Gelassene Gedankenspiele darüber wurden von einem Debattengewitter weggefegt. Deutschland (*der Norden*), so hört man, ist dagegen und Italien (*der Süden*) dafür. Nord vs. Süd! Gänsehaut garantiert bis zum Elfmeterschießen! Die Chance, einen europäischen Fahrplan gemeinsam zu entwickeln und vorzutragen, wurde verpasst. Reflexartig werden Positionen bezogen, die ein Abrücken ohne den inflationär zitierten Gesichtsverlust undenkbar machen. Aber sollte uns Europa nicht mehr wert sein, als das Denken in solchen Kategorien? Ist Europa nicht viel größer, als dass es der Hatz nach schnellen Antworten nachzugeben hat? Kann nicht manchmal einfach die Kraft der Argumente *überzeugen*, als Resultat eines Prozesses? Auch die Öffentlichkeit muss dabei wohl noch lernen, dass das Beharren einer Position nicht unbedingt Standhaftigkeit, sondern auch Starrsinn bedeuten kann. Ein offenes Gewissen haben, über den eigenen Schatten springen; ja, das muss auch Politikern möglich sein! Ich glaube sogar, dass die Bevölkerung da schon viel weiter ist, als uns das die Journaille weismachen will. Blöd nur, wenn man sich à la Frau Merkel seinen eigenen Handlungsspielraum derart eingrenzt („Mit mir wird es keine Euro-Bonds geben – solange ich lebe") und die Alternativlosigkeit als neues Mittel der Politik entdeckt hat („Scheitert der Euro, dann scheitert Europa"). Dabei braucht Europa Fantasie und Visionen und keine Denkverbote. So etwas beruhigt vielleicht die Kritiker in den eigenen Reihen, aber noch lange nicht die Märkte. Die ganze Diskussion um die Euro-Bonds hat die eigentlichen Rettungsschirme leider in den Schatten und das Merkel-Deutschland ins europäische Abseits gestellt. Oder diente der Kanzlerin die Diskussion am Ende sogar um sich die Zustimmung für die beiden Rettungsfonds im Bundestag zu sichern?

Wollt ihr auch eine Zigarette?

Zum Erstaunen aller Beteiligten schaltete sich plötzlich Antonio zwar mit starkem Akzent, aber unverkennbar auf Deutsch ein: Noch ein Wort zum Euro und ich gehe! Euro, Euro, Euro...

– Ich wusste gar nicht, dass Sie deutsch sprechen! rief Jan und war gleichzeitig erleichtert nicht den Dolmetscher spielen zu müssen. – Gibt es denn nichts anderes mehr? Sind alle anderen Probleme auf der Welt schon gelöst? Erst jetzt widmete er sich Jan: Hast du mich gefragt? Wir kennen uns aber auch erst seit heute. – Nein, seit gestern. Darauf erklärte Antonio: Als Künstler lebte ich einige Jahre in Köln und Bonn. Sprechen geht nicht mehr ganz so gut; aber verstehen kann ich fast alles. Jens zog derweil an seiner Zigarette und schwieg. Jan versuchte zu moderieren: Antonio, ich kann verstehen, dass Ihnen das Thema bis hier steht, aber lasst uns doch erst einmal hören, was unser Gast zu sagen hat; bisher klang das doch ganz ok. Antonio willigte widerwillig ein.

[Eine Zigarette hatten beide abgelehnt]

Jens: Natürlich ist das Thema ätzend. Aber die Frage ist *warum?* Eigentlich sollte doch eine entspannte Lageanalyse der Irrationalität der Märkte den Spiegel vorhalten. Bleiben wir beim Beispiel Italien – Deutschland. Natürlich leidet Italien im Moment mehr unter der Krise als

Deutschland. Doch rechtfertigt das, dass Deutschland sich quasi Geld zum Nulltarif holen kann und Italien erdrückt wird von der Zinslast? Das Spekulieren auf den Euro oder einzelner sogenannte Krisenländer fußt doch weniger auf reale Werte denn auf Emotionen. Schaut euch Norditalien an! Ein Bruttoinlandsprodukt (BIP) weit über EU-Durchschnitt, viel Industrie und relativ niedrige Arbeitslosenzahlen. Es steht doch besser da als viele Regionen in Deutschland. Und was steht in der Zeitung: Sizilien ist pleite! – Ja und, sind Bremen und Berlin auch! Wenn die Volkswirtschaften Norditaliens und Süddeutschlands fusionieren würden, dann müssten China & Co. wahrscheinlich jahrzehntelang negative Zinsen für deren Anleihen zahlen!

[Jens drückte seine Zigarette aus] Jetzt mal angenommen ich komme auf die wahnwitzige Idee mir Anleihen von Griechenland zu kaufen. Dann kann ich mich gegen einen möglichen Ausfall versichern, womit diese Idee zunächst gar nicht mehr so wahnwitzig erscheint. Ich kann mich allerdings auch einfach so versichern ohne griechische Bonds jemals erworben zu haben! Wie krank kann ein System sein, wenn es das Wetten auf den Staatsbankrott einzelner Länder zulässt? Spätestens an diesem Punkt hat sich die Marktwirtschaft von der Herrschaft des *dēmos* (des Volkes! *Anm. d. Red.*) befreit.

Jan atmete tief durch. Irgendwie fühlte er sich schon wieder so müde. Er entschuldigte sich und ging hinein in die Bar: Un café, per favore. Als er einmal in Hamburg-Altona am Bahnhof einen Espresso bestellen wollte, wurde er gefragt, ob er einen „to go" haben möchte. Diese Frage blieb ihm hier und heute erspart und so ging er mit seinem Espresso zurück an den Tisch. Antonio hörte nun aufmerksamer hin und sagte: Wenn die im Norden denken, dass sie für den Süden und alles bezahlen müssen, und im Süden, dass die im Norden immer nein sagen und nicht genug machen, dann hat Europa mehr als ein PR-Problem. Die extrem hohe Jugendarbeitslosigkeit in Südeuropa bereit mir am meisten Sorge. Jens kam auf die Anleihen zu sprechen: Der Unterschied zwischen deutschen und italienischen Staatsanleihen beträgt um die vier Prozent. 50 Prozent des Wertes, so heißt es, basieren auf rationalen Wirtschaftsdaten und 50 Prozent gehen aufs Konto der Psychologie. Hier also Deutschland, vor noch gar nicht allzu langer Zeit der kranke Mann Europas und nun das Paradies auf Erden! Lokomotive, Exportweltmeister, tüchtige Arbeiter, pünktliche Züge. Und da Italien, verwöhnt durch die Sonne und das süße Leben, gelähmt durch sich selbst und die Mafia...

Dem nicht immer nur positiv behafteten Image Deutschlands hat der Regierende Bürgermeister von Berlin mit dem Bau des neuen Hauptstadtflughafens entgegenzuwirken versucht. Zugegeben: Dies ist ihm eindrucksvoll geglückt.

Deutschland ist mit ca. 80 Prozent seiner Wirtschaftsleistung verschuldet, Spanien mit ca. 60 Prozent. Grotesk wird es, wenn ein Fußballspiel oder Autorennen dafür herhalten muss, dass auch in Deutschland nicht alles perfekt läuft. Dass im Übrigen sowohl Italien als auch Spanien ihren Beitrag zu den Rettungspaketen leisten und entsprechend haften, sollte eigentlich keine Erwähnung wert sein. Dass Italien bei seinem harten Reformkurs sogar vor der Neuordnung seiner Provinzen nicht Halt macht, dafür umso mehr. Man stelle sich einfach mal vor, in Deutschland werden im großen Stil Kreise oder gar Bundesländer zusammengelegt!

Spekulanten handeln mit Zitronen und die Schafe folgen ihnen.

Und was denkst du so über den Euro? fragte Antonio Jan. Nun, antwortete dieser, ist schon ganz praktisch, dass man sein Geld nicht mehr umtauschen muss. Wie ich so höre, scheint er die Völker Europas jedoch eher auseinanderdividiert zu haben. Letztlich handelt es sich um ein Zahlungsmittel, um eine Währung halt. – Treffend analysiert! Eine Währung, genau! Lachen ist auch eine Währung! Seht ihr die *bella ragazza* da hinten? Antonio deutete mit seinen Augen in die Richtung. Wenn ich sie anlächle, wird sie vermutlich weglaufen. Wenn ihr sie anlächelt, besteht zumindest die Möglichkeit, dass sie zurücklächelt. Ich bin alt; meine Währung ist

abgewertet. – Aber es sind ja nicht alle Frauen so jung... Antonio feixte. Ihr seid mir ein paar Spaßvögel, konstatierte Jens. Ich habe Hunger! sagte Antonio. – Da sind wir uns einig. Was können Sie mir empfehlen? Antonio holte den Barmann her. Wenig später servierte er beiden eine Piadina Romagnola mit *verdure*, *stracchino* und *salumi*. Jan wollte nichts mehr.
[Stattdessen steckte er sich zur allgemeinen Überraschung doch eine Zigarette an]

Es stellte sich heraus, dass Jens beim Rauchen nicht nur reden sondern auch essen konnte. So fuhr er fort:

Auf jeden Fall versucht die Europäische Zentralbank (EZB) der Fehlentwicklung auf dem Anleihenmarkt entgegenzutreten, indem sie ankündigt in einer großangelegten Aktion Bonds einzelner kriselnder Staaten aufzukaufen. Kann man dann nicht gleich Euro-Bonds einführen, anstatt der EZB die Scherbenhaufen der Politik zusammenkehren zu lassen? Etwa 40 Prozent der deutschen Exporte führen in die Euro-Zone. In der Diskussion untergegangen ist die Tatsache, dass Deutschland seine Produkte einfacher

einfacher exportieren kann als vorher, da die anderen Euro-Länder ihre Währung eben nicht mehr abwerten können. Deutschland kann gleichwohl nur so lange Exportweltmeister bleiben, solange es noch Abnehmer findet. Doch wisst ihr was, Leute? Ich kenne *die* Lösung auch nicht... Antonio fügte hinzu: Was kann man denn noch tun? Der weltweite Umsatz mit künstlichen Finanzprodukten übersteigt denjenigen aus der „Realwirtschaft", also aller produzierten Güter und Dienstleistungen inzwischen um ein Vielfaches! Angetrieben von einem Hochfrequenzhandel, der den Blick für die Auswirkungen auf das echte Leben interferiert. *Rivoluzione?* Banken zerschlagen oder gar abschaffen? Das würde am Ende auch wieder alle treffen, wenn sich niemand mehr Geld leihen kann. Ging es uns denn vor einem halben Jahrhundert besser? Gründet sich ein Teil unseres Wohlstands nicht letztlich auf nackter Fantasie? Entstanden durch eine unbewusste Verabredung? Geht es den arabischen Ländern besser, in denen der Koran Zinsen und Leerverkäufe verbietet? (Das Zinsverbot steht übrigens auch im Alten Testament, *Anm. d. Red.*) – Klugscheißer!

Die Suche nach einer großen Lösung gleicht derjenigen nach einem zusätzlichen menschlichen Sinn. Wie man auch darüber nachdenkt, hängt jede Idee vom bereits existierenden System ab.

Jan musste dringend aufs Klo. Der Espresso (lateinisch: ausgedrückt, *Anm. d. Red.*) hatte seine Wirkung nicht verfehlt. Er schaute beide an, die aber seinen Blick nicht erwiderten, sondern wie zwei Statuen in Denkerpose erstarrten. Jan wusste nicht genau, wie er sich ausdrücken sollte und sagte dann nur: Ich geh mal auf Klo. Könnte länger dauern. Lasst euch nicht stören. Glücklicherweise befand sich eins gleich neben der Theke, welches seinen mitteleuropäischen Vorstellungen entsprach. Bei den Toiletten fangen die Vorurteile doch schon an, dachte er. Wie er so da saß und in die Luft guckte, fiel ihm ein, dass er auf den Weg ein paar Zeitschriften aus der Bar mitgenommen hatte. Jan fing an zu blättern. Nach kurzer Zeit war er genervt von diesen ganzen pseudo-intellektuellen Politiker-Fotos und Homestorys. Den Jungspund mit irgend so einem schwedischen Namen, der während seines Sommerurlaubs in einem Fila-T-Shirt ganz spontan mega-lässig und ultra-nahbar postierte... ;-) *Anm. d. Red.*, fand er besonders albern. Er legte das Magazin zur Seite und verspürte eigentlich nur noch wenig Lust sich die anderen anzusehen, als er auf einmal deutsche Schriftzeichen entdeckte. Und tatsächlich: Es ist der GEO! Welcher Touri hat den denn hier liegen lassen? Jan überflog ihn und blieb an einem Artikel hängen, der was mit seiner aktuellen Tätigkeit gemein hatte. So las er den Artikel über die *Klo-Revolution* mit großer Begeisterung. Nachdem er fertig geworden war, wurde er sich seiner europäisch-westlichen Identität als Wischer bewusst. Darauf kehrte er hocherfreut zu Antonio und Jens zurück. Jan hatte sich des Eindrucks nicht erwehren können äußerst produktiv gewesen zu sein.

Die Statuen hatten sich unterdessen in ihre ursprünglichen Positionen zurücktransformiert. Ob sie in der Zwischenzeit einen neuen Sinn oder wenigstens die Weltformel gefunden hatten, entzieht sich selbst der Kenntnis der

Redaktion. Jens erzählte weiter: Das Ausbrechen längst überwunden geglaubter Vorurteile treibt die Karikaturisten EU-weit zu ungeahnter Kreativität und beflügelt diejenigen Kräfte in Europa, die eine Rückbesinnung auf den Nationalstaat anstreben. „Die Bürger wurden auf den Weg zur Einigung Europas nicht mitgenommen!" hör' ich mich sagen. Eine Phrase, wohl wahr. Doch wären die Bürger dazu auch bereit gewesen? Die gesamte Diskussion zeugt von einer gewissen Erstauntheit seitens des Einflusses der Europäischen Union und seinen Institutionen. Wen interessiert eine Debatte im EU-Parlament? Wann ist nochmal die nächste Wahl? Wer weiß, dass die meisten Entscheidungen von einer Kommission in Brüssel in Zusammenarbeit mit dem Ministerrat und Parlament getroffen werden? In welchem Umfang wird eigentlich darüber berichtet? Wer kennt Catherine Ashton? Was macht Herman Van Rompuy? Ist das Aufflackern alter Ressentiments nicht Ausdruck eines fehlenden Glaubens in das Gebilde Europa? Teilweise gar nicht so verwunderlich, wenn man bedenkt, dass sich die dringend erforderliche Stärkung des EU-Parlaments mit der Etablierung des Europäischen Rates, dem Gremium der Staats- und Regierungschefs, als zusätzliche Institution erkauft wurde. Das wäre in etwa so, als wenn in Deutschland die Ministerpräsidenten der Länder auch gleichzeitig einen Platz in der Exekutive der Berliner Regierung hätten. Ich könnte mir vorstellen, dass dem einen oder anderen Ministerpräsidenten – insbesondere aus dem Süden der Republik, *Anm. d. Red.* – der Gedanke an einen Ministerposten in Berlin durchaus schmecken würde. Der Aufschrei in der Bevölkerung Europas über dieses Instrument der Re-Nationalisierung kannte damals keine Grenzen! *Wir wollen mehr EUROPA! Wir wollen mehr! Wir wollen mehr...!* Jens fing an zu lachen. Dann fing er sich wieder. Jedenfalls bildete dieses fehlerhafte Konstrukt im Europäischen Haus die rechtliche Grundlage für die in der öffentlichen Wahrnehmung immer schon vorherrschende Meinung, dass die Staats- und Regierungschefs letztlich allein die Politik der EU bestimmten. Und jetzt kommt's: De facto ist es sogar so! Denn sie treiben die anderen Organe vor sich her.

Das macht es auch für die Presse einfacher! Personifizierung und Komprimierung sind immer gut, nicht zuletzt für die Auflage bzw. die Einschaltquoten. *DEUTSCHLAND* sagt nein, *MERKEL* sowieso, *FRANKREICH* will dies und *ITALIEN* jenes. Die Vergemeinschaftung einer angeblichen nationalen Meinung!

Der Barmann kam vorbei und erkundigte sich nach dem Wohlbefinden der Gäste. Na Antonio, wie ist es mit deinen deutschen Freunden? Du bist heut aber lange hier! – Alles paletti, mein Bester. – Ich wüsste zu gerne worüber ihr sprecht. Hat es euch geschmeckt? – Vorzüglich. Alle waren sehr zufrieden. Die Piadina wurde selbst hergestellt und das schmeckte man auch. Der Barmann räumte ab und stellte noch eine Karaffe Wasser hin. Dass du mir ja nicht austrocknest bei dieser afrikanischen Hitze, mein Lieber! Jens war wieder an der Reihe:

Die Fokussierung auf eine Person (Merkel) als alleiniges Hindernis in der Euro-Krisenbewältigung garniert mit einer Prise typisch deutscher Strenge lenkt wunderbar von eigenen Problemen ab. Das Ergebnis ist jedoch, dass dadurch ihre Position im Inland gestärkt wird. Denn man muss sie nicht gewählt haben, um eine Darstellung Merkels in Nazi-Uniform als wenig hilfreich zu empfinden. (Die Uniform steht ihr doch gut! *völlig unsachgemäße Anm. d. Red.*) Im Gegenzug werden in deutschen Medien der Reformwille und die Wirtschaftlichkeit Südeuropas im Allgemeinen und Griechenlands im Besonderen in Frage gestellt. Begleitet durch bestimmte Aussagen bestimmter Politiker. Stimmungslagen, die wiederum das Verhalten von Spekulanten beeinflussen und Ressentiments verstärken oder aufkeimen lassen. Ein komplexes Wechselspiel mit ungewissen Begleiterscheinungen.

Eine Re-Konzentrierung auf den Nationalstaat jedenfalls tat der Geschichte Europas selten gut. Und ja: Europa hat (noch) ein Demokratiedefizit. Doch gerade deshalb lohnt es sich für Europa zu kämpfen! Als ersten Schritt würde eine gemeinsame europäische Liste aller Parteien bei Europa-Wahlen dem Parlament mehr Legitimation verschaffen. Auch erscheint die räumliche Trennung zwischen dem Parlament in Straßburg und der Kommission in Brüssel unpraktisch und auf

Dauer untragbar. Demokratie und Menschenrechte sind anstrengend und langweilig geworden. Altmodisch. Begriffe, die nicht mehr ins Format einer nur um sich selbst kreisenden Gesellschaft passen. Die Abwrackprämie hochentwickelter Industrienationen mit immer steigender Lebenserwartung und Schönheits-OPs. Toleranz, Respekt und ein Miteinander? Gähn! Nur diejenige Generation, die nicht mit diesen Werten aufgewachsen ist, weiß deren Wert doch überhaupt noch zu schätzen! Und all die ganzen Gutmenschen, Träumer, Weltverbesserer und Öko-Aktivisten. Wenn dann mal jemand aufsteht, raus geht, seinen Mund aufmacht und sich für etwas scheinbar Selbstverständliches einsetzt, wird dieser mit der Authentizitäts-Keule weichgeklopft und muss dabei aufpassen, nicht mit Verdacht auf Profilneurose in einen shitstorm zu geraten. Oder auf den Scheiterhaufen zu landen. (Oder im Feuilleton, *Anm. d. Red.*)

Da werden Dinge einfach umgedreht von Leuten die gar nichts wollen oder machen. „Nett ist die kleine Schwester von Scheiße!" Zum Kotzen!

Fast auf den Tag genau vor 60 Jahren gewährte auch so mancher Südeuropäer (West-)Deutschland beim Londoner Schuldenabkommen großzügig Kredit in Bezug auf dessen Auslands- und Kriegsschulden, indem die Verbindlichkeiten an die Exporterlöse gekoppelt wurden. Ein Glück, dass die Bundesrepublik damals als Bollwerk gegen den Kommunismus *Systemrelevanz* erlangte!

60 Jahre Frieden in weiten Teilen Europas. Wie selbstverständlich! Wie selbstverständlich war es, dass die Wiedervereinigung Deutschlands (automatisch?) die Vergrößerung der Europäischen Gemeinschaft nach sich zog? Das wir dies alles erreicht haben, ist das Ergebnis der Europäischen Einigung mitsamt seiner scheiß Organe und Institutionen! Brauchen wir wieder einen Krieg um uns dessen bewusst zu werden? Jens wurde plötzlich laut, um nicht zu sagen emotional. Schließlich fügte er noch hinzu: Die Diskussion um den Euro ist doch nichts anderes als das Symptom einer europäischen Identitätskrise.

[kurze Zigarettenpause, in der es Jens gelingt, das €uro-Zeichen auszublasen]

Auf einmal ergriff Jan das Wort: Ich habe auf Klo ein wenig gelesen und hatte Zeit mir ein paar Gedanken zu machen, wie wir mittel- und langfristig der Krise Herr werden, das Primat der Politik wiederherstellen (ohne uns zum Affen zu machen) und dabei ganz nebenbei Energie gewinnen und die Umwelt schützen können. Ein Triumvirat aus Kohle, Kot und Klima. Im Übrigen wird dadurch der Nährstoffkreislauf, der mit der Entwicklung der Kanalisation um 1740 zur Einbahnstraße wurde, wieder geschlossen. Also...

Erstens – Eine Umstrukturierung der sanitären Anlagen: Ich stelle mir nano-beschichtete Keramik-Kloschüsseln vor, an denen Urin und Scheiße sanft abgleiten. Das Anlegen eines Vakuums erlaubt die Verwendung dünner Rohre um den Wasserverbrauch zu reduzieren.

Zweitens – Ein Urin-Scheiße-Trennsystem: Hierbei wird durch eine Trennwand, ein Sieb, Flüssiges (Urin) von Festem (Scheiße) getrennt. (Was ist bei Durchfall? *Anm. d. Red.*)

Das weitere Schicksal des Urins ist abhängig vom jeweiligen Technologiestandard. So könnte der Urin durch einen Nano-Filter aufbereitet und das gereinigte Filtrat (Wasser) für die nächste Spülung verwendet werden. Um ein plötzliches Pleitegehen der Wasserversorger zu verhindern, müssen natürlich Übergangslösungen geschaffen werden. Darüber hinaus steht dem Urin dank seines Reichtums an Stickstoff und Phosphat einem Einsatz in der Düngemittelindustrie nichts im Wege. Einen ganz anderen Ansatz verfolgen Ingenieure von Brennstoffsystemen (der Heriot-Watt Universität in Edinburgh, *Anm. d. Red.*). So kann in einer Treibstoffzelle aus dem Harnstoff im Urin Energie gewonnen werden. Erste Testläufe auf Festivals sind geplant. Zukünftig kann man vielleicht das eigene Auto mit der ganzen Familie zum Laufen bringen, indem man es einfach laufen lässt.

Auch im Falle der Scheiße kommen mehrere Möglichkeiten in Betracht. Der trockene Kot kann klassisch mit anderen organischen Abfällen verrottet werden. Der Kompost kann anschließend als Dünger bzw. Humus verwendet werden. Da bei dem mikrobiellen Abbauprozess jedoch nicht nur wertvolle Mineralstoffe freigesetzt werden, sondern auch

Kohlendioxid (CO_2) und Energie in Form von Wärme, könnten überschüssige Kotreserven in eine Biogasanlage gebracht werden. Insbesondere für Städter ohne Garten oder Balkon bzw. für sehr fleißige Hobbygärtner oder Landwirte von Interesse. Die technische Machbarkeit des Ganzen (Transportsysteme, Abholservice) muss natürlich geprüft werden. Eine Idee für die Zukunft liefert ein schon seit 100 Jahren bekanntes Verfahren (die Hydrothermale Carbonisierung, *Anm. d. Red.*) zur Herstellung von Pflanzenkohle. Bei diesem Prozess werden innerhalb weniger Stunden unter hohem Druck und Temperaturen bis 300 °C Scheiße und andere Biomasse in Kohle umgewandelt. Die Pflanzenkohle kann zur allgemeinen Aufwertung des Bodens oder zur Herstellung der besonders fruchtbaren Schwarzerde verwendet werden. Auf Feldern verteilt vermag der Kohlenstoff außerdem CO_2 zu binden und damit der Atmosphäre zu entziehen.

Und drittens – Ein fäkaler Emissionshandel: Nun ist es ja so – wenn wir zunächst einmal bei der Kompostierung bleiben –, dass die sogenannte

Rotte von verschiedenen Faktoren abhängt. Unser Kompost mag es warm, feucht und ausreichend belüftet. Auch der pH-Wert spielt eine Rolle. Und Regenwürmer. Der Regenwurm erwühlt sich ein fein verzweigtes Röhrensystem durch die Bodenschichten und sorgt dadurch für eine bessere Verteilung von Wasser und Luft. Dies erleichtert wiederum die aeroben Bakterien bei ihrer Arbeit. Ferner bringt der Regenwurm durch seine Ausscheidungen den Dünger in den Komposthaufen. Leider stellt er im Winter seine Arbeit ein und schläft. Bei kalten Temperaturen verringert sich zudem die Stoffwechselaktivität der Bakterien und die Zersetzung kommt zum Erliegen. Nördlich der Alpen! In Südeuropa sieht die Sache etwas anders aus. Dort sollte zumindest z. T. eine ganzjährige Verrottung möglich sein. In den Sommermonaten ist der Kompost vor Trockenheit und Sonne zu schützen. Ersteres kann z. B. durch frisch aufbereiteten Urin geschehen; letzteres durch einen Platz im Schatten. Dann werden Bakterien wie Regenwürmer gleichermaßen glücklich sein. Der Zufall will es, dass es sich hier um Länder, wie Spanien, Portugal, Italien oder Griechenland handelt. In diesen wird die durchschnittliche pro-Kopf-Kompost-Produktion pro Jahr also über dem EU-Durchschnitt liegen. Als Ausgleich schlage ich die Einführung einer Umlage vor. Überkapazitäten werden in die nördlichen Euro-Staaten exportiert. Diese können dann damit ihre Felder düngen, Kohle aus dem Humus machen und als Brennstoff nutzen oder zwischenlagern und an Dritte (Entwicklungsländer) weitergeben. Was auch immer. Als Gegenleistung bietet sich der Kauf von Staatsanleihen an. Das System funktioniert aus eigenem Antrieb heraus. Abfälle und Scheiße produziert schließlich jeder. Der Wechselkurs wird natürlichen und saisonalen Schwankungen unterliegen. Wichtig ist mir Transparenz. Ein Kompost-Kartell darf es nicht geben! Hat sich das Zinsniveau der bedrohten Staaten nach gewisser Zeit erholt, eröffnen sich neue Horizonte. Anstatt der Bonds könnten nun Zertifikate gegen Kompost ausgetauscht werden. Mit dem Erwerb solcher Lizenzen wird der Bau von Reaktoren zur Herstellung von Pflanzenkohle subventioniert. Diese soll dann irgendwann auf der ganzen Erde (mit etwas Kompost) verteilt werden um den Boden besonders fruchtbar zu machen und das Klima zu schonen. Südeuropa kann für diese Technologie den Lokomotivführer spielen. Der ganzen Kakophonie machen wir hiermit den Garaus! Wir scheißen auf den Euro und machen Kompost draus! Einen hab ich noch: …und entscheidend ist eben doch, was am Ende hinten raus kommt. (Ein Satz von wegen Nachhaltigkeit und so wär' noch ganz schön, *Anm. d. Red.*)

Antonio und Jens schauten sich an und zwinkerten Jan anerkennend zu. Als Antonio sagte „Wie der Regenwurm erst den Euro und dann das Klima rettete" konnte sich keiner mehr halten vor Lachen. Nachdem sich alle wieder beruhigt hatten, winkte er den Barmann herbei. Darf ich dir endlich meine neuen Freunde vorstellen?! sagte Antonio kurz darauf feierlich. Hier Jens, dessen Nikotinabhängigkeit ihn zu uns führte und mir – obwohl ich zunächst nichts davon hören wollte – am Ende fast aus der Seele gesprochen hat. Sowie Jan, der mich gestern um

Haaresbreite überfahren hatte, und mit seinem alternativen Lösungsvorschlag für allgemeine Heiterkeit gesorgt hat. Um was ging es denn nun? fragte der Barmann. – Um den Euro. – Um den Euro?? – Nein, um mehr als den Euro! So gab ihm Antonio eine kleine Zusammenfassung. Der Barmann hörte gebannt zu und sagte dann: Die Politik Griechenlands wird längst von Akteuren wie den Internationalen Währungsfonds (IWF) diktiert, die die Griechen nicht gewählt haben. Und diejenigen, die damals die Bilanzen vor der Euro-Einführung gefälscht hatten, bekommen von den ganzen Einschnitten doch gar nichts mit! Würdet ihr dann nicht auch versuchen eure Mündigkeit auf der Straße zurück zu erlangen? Abgesehen davon: Habt ihr schon unsere Kaffeespezialität des Hauses probiert? Geht selbstverständlich aufs Haus! Jens und Jan waren gespannt und wirkten dennoch seltsam gelöst. Zumindest bis zu dem Zeitpunkt, als eine tief fliegende Taube ihr Geschäft auf ihrem Tisch ablegte. Antonio reagierte als erster: Also ich bin dafür, dass die EU in Zukunft nur noch Tauben zulässt, die vorher versichert haben, städtische Komposthaufen anzusteuern – so wie Bienen die Blüten! Jens: Was meinst du, Jan? Du scheinst ja aus Scheiße Gold machen zu können... – Nun ja, Gold vielleicht nicht, aber dafür Diamant, entgegnete Jan. Während der Autor einen weiteren Haken auf seiner Gag-Liste setzte, kehrte der Barmann, nicht ohne gestenreich alle Tauben zu verfluchen, mit drei *café corretti* zurück. Kredenzt mit feinstem Grappa aus Trentino. „Ich bediene jeden, der mein Gast sein will." Tauben gehörten offensichtlich nicht dazu. Jens zündete sich noch schnell eine Zigarette an und dann stießen sie an. *Salute!* Allen schmeckte der etwas andere Espresso ausgezeichnet. Eine Weile saßen sie noch da; quatschten, lachten, schwiegen. Zwei Zigarettenlängen später stand Jens plötzlich auf. Ich muss weiter, sagte er und zahlte. Macht's gut! Auch Antonio und Jan wollten bald aufbrechen. Antonio gab seinem alten Bekannten ein letztes Mal ein Zeichen. Der Barmann kam und beide diskutierten noch ein wenig. Dabei musste Antonio plötzlich laut auflachen. Schließlich bezahlte er den Rest. Jans Versuche ihn davon abzubringen waren gescheitert. Sie standen auf; Jan gab Antonio den Stock. Auf dem Weg zur Brücke erkundigte er sich nach der Unterhaltung mit dem Barmann, da er nicht alles verstanden hatte. Antonio wiederholte: Letzte Woche, so erzählte der Barmann, fragte mich eine junge Frau, die schon öfters bei uns war und wie eine Studentin aussieht, seit wann wir denn deutsche Zeitschriften verkaufen? Ich sah sie erstaunt an, auch nachdem sie mir das Exemplar gezeigt hatte. So viel Internationalität hatte ich unserer kleinen Bar gar nicht zugetraut... Wo hast du das gefunden? – Auf der Toilette, antwortete sie. Mir ist das erst gar nicht aufgefallen, aber dann, als ich zu blättern begann... Naja, ist ja auch nicht so wichtig. Sind auf jeden Fall tolle Bilder drin. Erst dachte ich, das wär' ein Werbemagazin für Toiletten oder so. – Hm, so etwas führen wir eigentlich nicht. Willst du die Zeitschrift behalten? – Nee danke, versteh' ich ja doch nicht. Aber lassen Sie sie doch hier. Irgendein deutscher Touri wird sich bestimmt darüber freuen!

Gemeinsam gingen sie über die Ampel. Auch diesmal war sie schon rot geworden, bevor sie auf die andere Seite gelangten. Antonio keuchte mehr und mehr, während sie die Mitte der Ponte di Mezzo erreichten. Darauf hielten sie inne und guckten in die Ferne. Die klare Sicht ließ die Berge ganz nah erscheinen. Eine leise Brise strömte ihnen der Duft verschiedenster Blumensorten in die Nase. Jan konnte auf einmal die Schafherde erkennen, der sich samt ihrem Hirten und dem Esel auf den Rückweg begab. Was bleibt uns? fragte er. Der alte Mann antwortete: Ein Blick aufs Meer, in die Literatur. Die Musik. Monty Python; ...und die Liebe natürlich. Wir müssen die Metaebene hervorheben und ins Bewusstsein der Menschen zurückholen. Jan wusste nicht genau, was das bedeutete. Aber er hatte auch so das Gefühl heute viel zu haben.

Foto: © Shuhei Sugiyama